爸爸呢？

小狮子的白天与黑夜

［斯洛文尼亚］兹加·科姆贝克　著
［斯洛文尼亚］伊万·米特列夫斯基　绘
Tinkle　译

作家出版社

就算是小狮子也偶尔会有感到害怕的时候呀!

有时候，他们会哭。

是的，他们真的会哭哦!

尽管小狮子那么强壮，那么勇敢;

尽管有一天，小狮子会变成森林之王;

尽管……

有这么多尽管，

小狮子也会有害怕和哭泣的时候……

事实就是如此。

这是

真的!

可能你要问了：“你是怎么知道的呀？”

因为，我就是一只小狮子。

一只年轻气盛的、勇敢的狮子！

究竟是什么那么厉害，可以让强壮又

勇敢的小狮子害怕啊？

……黑暗。

我们搞不清黑暗里会有些什么。

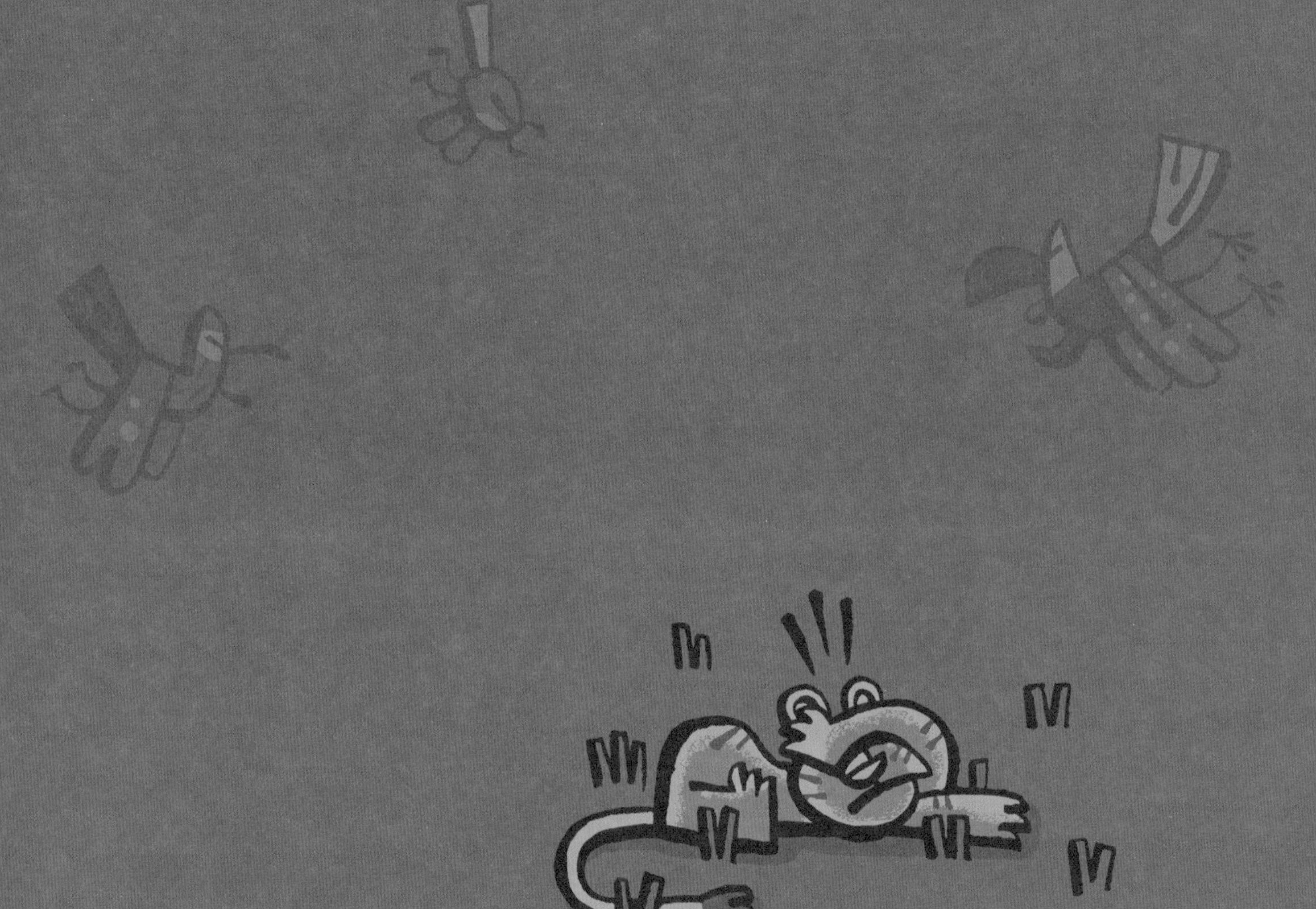

……还有，闪电和雷鸣。

真的好可怕！

……以及，偶尔孤独的时候。

草原那么大，我们多么渺小啊。

……啊，还有那些可怕的噩梦！

我真的好讨厌做噩梦啊！

闪电、雷鸣、可怕的
噩梦、孤独和黑暗，
我们没有办法将它们
赶出生活……

我曾试着朝它们大吼，好像无济于事。

龇牙咧嘴、挥动爪子，也赶不走它们。

也曾试图假装自己威猛无比，像爸爸那样强大，

可是真的没用！没用！它们无动于衷。

最后，即使捂住眼睛假装看不见它们都不行！

它们到处都是！

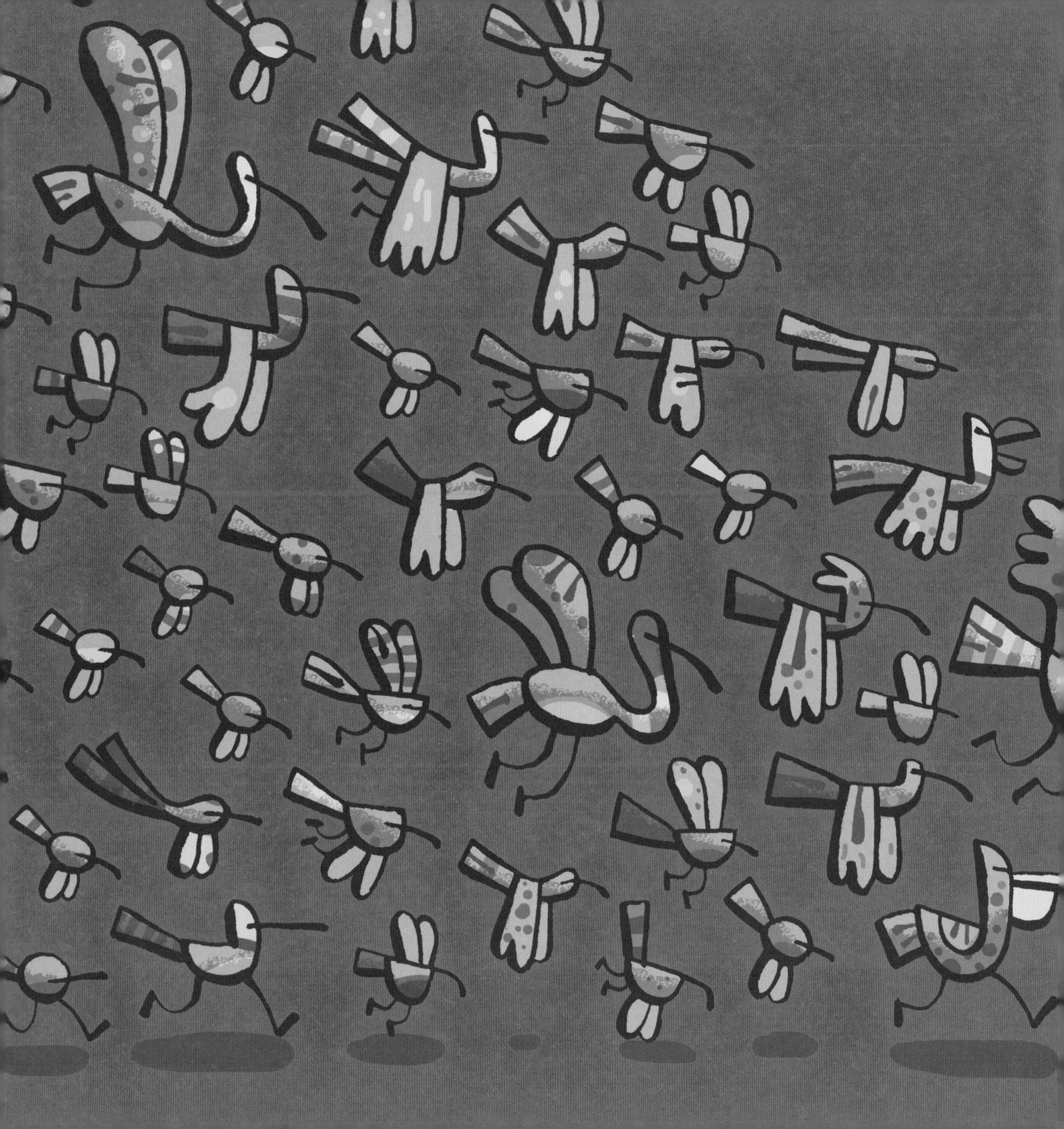

幸好，总是有一些可以驱散这些坏东西的办法！

是爸爸！

爸爸的大手那么温暖，
似乎连闪电都不那么刺
眼了，轰隆隆的雷声也
不会让人感到恐惧了。

孤独，消失不见了。

噩梦？

我都想不起来是什么啦！

这就是我们小狮子的秘密。
我们离不开爸爸温暖的大手掌，
这种温暖伴随我从小到大。
尽管有时候，我会感到害怕。

但是……

只要想到有一双坚定、有力、慈爱的手

在稳稳地托扶着我们。

立刻，这世界就变得

无比美好啦！

图书在版编目（CIP）数据

爸爸呢？：小狮子的白天与黑夜 /（斯洛文）兹加·科姆贝克著；（斯洛文）伊万·米特列夫斯基绘；Tinkle译. -- 北京：作家出版社，2017.4（2021.11重印）
ISBN 978-7-5063-9441-3

Ⅰ.①爸… Ⅱ.①兹… ②伊… ③T… Ⅲ.①儿童故事—图画故事—斯洛文尼亚—现代 Ⅳ.①I555.485

中国版本图书馆CIP数据核字（2017）第079923号

（京权）图字：01-2017-1616

爸爸呢？——小狮子的白天与黑夜

作　　者：［斯洛文尼亚］兹加·科姆贝克
绘　　者：［斯洛文尼亚］伊万·米特列夫斯基
译　　者：Tinkle
责任编辑：杨兵兵
装帧设计：高高国际
出版发行：作家出版社有限公司
社　　址：北京农展馆南里10号　　**邮　　编：**100125
电话传真：86-10-65067186（发行中心及邮购部）
86-10-65004079（总编室）
E-mail:zuojia@zuojia.net.cn
http://www.zuojiachubanshe.com
印　　刷：北京盛通印刷股份有限公司
成品尺寸：250×250
字　　数：35千
印　　张：4.33
版　　次：2017年6月第1版
印　　次：2021年11月第2次印刷
ISBN 978-7-5063-9441-3
定　　价：39.00元

策　划 高高国际 **出品人** 高　欣 **品牌运营** 孙　莉 **选题统筹** 孙广宇 **营销编辑** 王晓琦 **装帧设计** 高高国际